衛斯理系列 少年版 28
天外金球

下

作者：衛斯理

文字整理：耿啟文

繪畫：鄺志德

衛斯理
親自演繹衛斯理

老少咸宜的新作

　　寫了幾十年的小說，從來沒想過讀者的年齡層，直到出版社提出可以有少年版，才猛然省起，讀者年齡不同，對文字的理解和接受能力，也有所不同，確然可以將少年作特定對象而寫作。然本人年邁力衰，且不是所長，就由出版社籌劃。經蘇惠良老總精心處理，少年版面世。讀畢，大是嘆服，豈止少年，直頭老少咸宜，舊文新生，妙不可言，樂為之序。

　　　　　　　　　　倪匡　2018.10.11　香港

主要登場角色

白素

章摩

衛斯理

薩仁

最高領袖

第十一章

對金球的奇想

白素千辛萬苦從神宮取出來的 **金球**，居然可能是假的，使白素感到非常詫異和沮喪，呆住了半晌，白素才苦笑道：「薩仁先生，我本來就無意居功，而且，我已經盡了力從神宮裏取出金球。至於這個金球是真是假，已經超出我 *能力* 可以控制的範圍了。」

白素為了取得這個金球，可説是出生入死，但如今卻有人懷疑那金球是 **假** 的，白素不但沮喪，還有點生氣。

　　薩仁連忙安撫她道：「白小姐，請別誤會，我們沒有怪你，而且還很感激你呢，你已經為我們付出許多了。至於未能從金球中得到 **啟示**，我們暫時還未知道原因，可能是金球出了問題，也可能是章摩在這方面的能力消失了。但無論如何，都不是你的 **責任**。」

反正能做的事都做完了，白素和他們道別，便回到自己的城市去。而她第一時間要做的，當然是去見她**最掛念**的那個人，也就是她的未婚夫我——衛斯理。

雖然我們正籌劃婚禮，但因為她要陪白老大去歐洲，所以我和白素分開了許久，沒有見面。當我知道她終於回來了，便**滿心♥歡喜**地到機場去接她，但是我沒有接到她，她所搭的那一班飛機，永遠未曾飛到目的地，當中發生的事非常複雜，我將來會在另一個故事裏詳述，故事名稱或許會叫做《原子空間》。

雖然白素的航班從未飛抵 **📍目的地**，但是我和白素終於相見，在一段不知過了多久的日子中，白素將她奪取**金球**的一切經過，詳詳細細地講給我聽，她所講的一切，我已經記述在故事的前半部分了。

我的 **好奇心** 馬上發作，心中滿是疑問。首先，那個地區的人，為什麼對那個「天外金球」如此崇仰？只因為金球作為他們宗教的象徵？還是金球真的有着神奇力量，可與他們感通，給予他們啟示？

但如果金球真有這種 **神奇力量**，那就表示它有「思想」，否則它怎能和人進行思想交流？

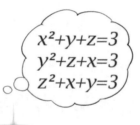

$$x^2+y+z=3$$
$$y^2+z+x=3$$
$$z^2+x+y=3$$

一個金屬球，居然會有思想，這不是太無稽了麼？至少是高等動物，才會有思想，難道那個「天外金球」是動物？

說那個金球是 **動物**，聽起來雖然很荒誕，卻非毫無理由的，據白素所講，金球當時並不在那九個暗格之中，

而是在一條如同被巨型地鼠鑽成的孔道內。可是真有這樣

的 **巨鼠** 嗎？牠們有力量推動那個金球嗎？而且為何其

他八個暗格都沒有孔道，暗格內的物品也沒有被動過，偏

偏只有金球出現這奇異狀況？

我不禁幻想到，那金球可能

「想」**離開** 暗格，便以一種極大的

力量，和極慢的速度，緩緩推進，那

個孔道根本就是金球自己鑽出來的！

當我想到這裏的時候，白素覺得我已經想得

走火 入魔 了，不再和我討論下去。

我們回到家中之後，立刻繼續籌備婚事，白素打電話

催促白老大回來。

但白老大說他和幾個朋友的 **研究** 工作已經略有

眉目，叫我們不要着急，最好能等到他研究成功，才辦婚

禮，好讓來賓能夠成為世界上第一批嘗到這種美酒的人。

我和白素被白老大的回應弄得 *啼笑皆非*。我們不急於結婚，但也不能永遠等下去。我們也希望他成功，所以決定等他一年。

接下來的兩個月，我們盡情去遊樂，但我心中仍然沒有忘記那「天外金球」。

有一天，在傍晚時分，我和白素一起躺在郊外近海的一片 *草地* 上，望着被晚霞燒得火紅的天空，我忽然問：「那個最高領袖，究竟有沒有在 **金球** 中得到什麼啟示？」

「誰知道呢，有本事你去問問他。」

白素這句話本來只是 *調侃* 我，跟我開玩笑，她絕對沒想到，我會乘機拉着她站起來，興致勃勃地說：「好！反正閒着沒事，我們一起到印度去！」

「去印度幹什麼？」

「遊樂。」我說。

白素瞪大了 👁👁眼 望着我，要我說出真話。

我笑道：「順便去看看那個金球，認識一下你提到的那些 **朋友**，和他們一起討論關於金球的事。」

「那你自己一個去好了。」白素別過頭去。

她不想回去那裏，我是可以理解的，我們正在過輕鬆暢快的日子，何必 **自尋煩惱**，回去那個地方，喚起她那段艱辛可怖的經歷？

但我極力說服她：「那個金球是有思想的。」

「你的老毛病又來了。」

「一個有思想的金球，不值得再去看看嗎？或許它會給我們啟示，該不該等白老大的美酒才 **結婚**。」

「你有這樣的修為去感應嗎？」白素冷笑道。

「或許真的有呢！你想想，這個世界上，遇到最多 **奇異怪事** 的人是誰？」我自豪地挺起了胸膛，示意答案就在她的面前。

白素望着我，不知好氣還是好笑，便假裝嚴肅地說：「好吧，說不定我也有這樣的修為，能得到金球的啟示。」

「對啊！」我高興地附和，「我們明天就出發！」

可是白素補上一句：「如果金球提示我不要和你這種專門 **惹麻煩** 的人結婚，我一定會好好考慮。」

我登時呆住了，她卻洋洋得意地含笑望着我。

13

　　但不管怎樣，第二天我們還是出發了，到達加爾各答後，先在酒店裏安頓好，然後由白素帶路，去找薩仁。

　　那幢 🏠 **屋子** 正如白素描述的那樣，十分寬敞，薩仁將我們引到了客廳之中，寒暄一會後，我就開門見山問：「薩仁先生，那個天外金球怎麼樣了？」

　　薩仁一聽到「天外金球」四個字，臉上立時罩上了一層 **烏雲** ☁️，嘆了一口氣，「這是我們的不幸，連我們的最高領袖，也不能從金球得到任何啟示。白小姐，你別生氣，我想那金球一定有什麼不對頭的地方。」

　　白素並沒有生氣，只是帶着同情的目光，望着薩仁。

　　但我還是繼續追問：「關於這個金球的 **來歷**，你知道多少？」

　　薩仁想了一想，説：「金球是天外飛來的，已有幾百年了，神宮的典籍記載得十分明白，一個白天，金球

從天而降，落在一個天井中，將很厚的石塊穿透，

要鑿開大石，才能將金球取了出來，第一個對着金球的高

僧，**感應**到金球給他啟示，和他作思想上的交流……」

　　我用心地聽着，然後問：「不是每一個人都可以和金

球作 **思想交流**，是不是？」

「對，必須是有足夠修為的高僧。」

「你以前見過金球嗎？」

「見過，我是獲准在神宮中**自由行動**的少數兒童之一，我見過金球。」

「你對金球可有感應力？」

「沒有。」薩仁搖着頭，「但我父親有這種能力，他是從不**說謊**的人，他講述過當時的情形，所以我相信這天外金球，的確有接觸和啟發人思想的能力！」

「那麼，薩仁先生，令尊當時的敘述，你可以向我們**複述**一遍麼？」

「可以，我父親有好幾次這樣的經驗，每一次都是差不多的，他將金球放在面前，面對金球**靜坐**，然後，他便覺得那金球不是一個死物，而是有生命的。雖然金球依然不動，但父親感覺到有人在向他**講話**，向他講

話的人，毫無疑問是**先知**，因為有許多疑難，都可以在這樣的思想交流中得到解答。」

我和白素互相交換了一個眼神，因為薩仁的說法，正好與我的猜想吻合，那金球像是活的一樣，擁有思想！

我又問薩仁：「放金球的暗格後面，可有一條暗道，容許金球**滾**進去？」

薩仁堅定地說：「沒有，絕對沒有。我小時候被高僧認為是**靈慧的童子**，幾乎每次請金球出去，都是由我捧着金球的。」

「那麼，你覺得如今的金球，和以前有什麼不同？」我立即問。

薩仁搖頭道：「沒有，金球是一模一樣的……它好像輕了一點點……但也可能只是因為我人**長大**了，力量也大了。」

　　我點着頭，沉思了片刻，「非常謝謝你，薩仁先生。我有一個 **請求**，不知道你們能不能答應。」

　　「請説。」

　　我深吸一口氣，大膽説出來：「我想向你們借金球研究一下，**一個月**內定必歸還。」

　　此話一出，所有人都以驚詫的目光望着我，包括白素。

第十二章

金球異能消失

我提出的 **不情之請** 令所有人吃了一驚，薩仁想了好一會，才説：「這是非常重大的事，我不能作主，甚至章摩也不能，這必須得到我們 **最高領袖** 親口答允才可以，而金球也正在他那裏。」

「那麼，向你們的最高領袖引見，讓我當面要求可以嗎？」我提出的每一個請求都使他們驚訝。

薩仁沉吟了一下，說：「請等一等，我去和章摩商量一下，他因為 **生病** 了，所以不能陪客人，請見諒。」

薩仁一面說，一面走了進去。

一等他進去，白素便 **低聲** 說：「你也真是，借金球來幹什麼？」

「研究啊。」我理直氣壯地回答。

「你憑什麼去研究？你是宗教專家嗎？還是物理學家？你只是個喜歡 **天馬行空**、胡思亂想的好事之徒！」

我笑道：「科學的進步，全靠天馬行空、胡思亂想而來的。人若不是幻想能像 **小鳥** 那樣在天空中翱翔，怎會發明了飛機？若不是幻想不用走路就可以移動身子，又怎會有 **汽車** ？」

「狡辯——」白素還想再 **責備** 幾句之際，薩仁的腳

步聲已經傳來了。

他一進來，就臉帶興奮道：「真好，章摩先生授權我帶你們去見最高領袖，這是極大的光榮。」

我和白素都喜出望外，沒想到事情這樣順利。我們立刻啟程，到了機場，薩仁安排了一架小型**飛機**，載我們到目的地。

飛機飛了許久，最後來到了位於山腳下的一個小城中，這個小城十分幽靜**美麗**。

在一幢極其華麗的別墅中，我們會見了那位世界聞名的**宗教領袖**，他作僧侶打扮，有一股使人肅然起敬的神態。我們和他講了幾句話，很快就發現他是一個相當**聰明**的人，然後，我提出了我的要求。

他沉默了許久，沒有直接答應，卻反問：「你對這件事有什麼看法？」

　　我呆了片刻，擔心自己
的看法會 **冒犯** 到他們的
宗教，所以不好啟齒。

　　最高領袖確實是個聰
明人，看出我的擔憂，微笑
道：「你只管說，我自己是
專攻 **佛學** 的。研究佛學
的人有一個好處，就是可以
容納其他任何和佛教教義相
反的說法，佛教是博大、兼
容的。」

　　我久已聽聞這位大人
物思想十分 *開通* ，如今
證明是事實，我也可以放心

地發表意見：「我有兩種看法。第一種：我認為那個金球根本不可能和人作思想交流，而數百年來一直有這樣的傳說，可能只是一種幻覺，一種自我催眠，或者甚至乎……是刻意塑造出來，以鞏固信仰的圖騰。」

　　我這番話的內容相當不客氣，在一旁的薩仁面色都變了，白素也向我瞪眼，怪我不應該這麼說，但我完全是出自真誠，非常坦白地和對方交流。

那位最高領袖也沉着臉好一會，過了好幾分鐘，才開口回應：「不，你錯了，那不是 **幻覺**，也不是什麼鞏固信仰的手段，我以我個人的名譽保證，我的確曾和這金球作過 **思想** 上的交流，發自金球的思想，曾給予我許多啟示。」

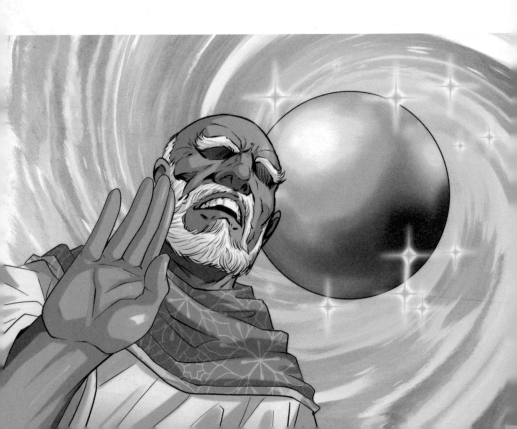

我點了點頭，「我相信你們，所以我自己更傾向於第二種 **看法**。」

「願聞其詳。」

「我的第二個看法是，這金球如果真是從天外飛來，那麼它可能是另一個 **星球** 上的東西。」

其實這個看法對他們宗教的冒犯程度也不低，與他們的 **信仰** 多少有點牴觸，只見這位最高領袖皺了皺眉，並沒有插言。

我繼續坦誠地講解自己的想法：「譬如說，那是另一個星球上的 **高級生物**，所製造出來的一個儀器，目的是要探索地球上是否也存在擁有思想的高級生物。當它自天而降的時候，恰好落在神宮之中，於是機緣巧合成為了你們的 **寶物**。」

最高領袖緩緩地問：「你認為它是一件精密儀器？」

「對！」我繼續分享自己的見解：「這個金色球狀的 **儀器**，由某個星球上的高級生物指揮着，為了探索地球上有沒有高級生物思想活動的迹象，它一定發出了各種各樣的 微電波 ，而終於有一種微電波與我們人類的腦電波相近——」

我講到這裏，最高領袖便擺了擺手説：「我明白你的意思了。當那金球的微電波與我們的 腦電波 發生了感應，我們就能和金球作思想交流，是不是？」

我連忙點頭道：「對了，就是這意思。」

他忽然爽朗地笑了起來，「其實，我們的見解並沒有什麼分歧之處，只是 **名詞** 上的分別而已。例如你說某個星球上的高級生物，我說西天佛祖；你說金球降落地球的目的，是為了 探索  地球上是否有高級生物，我說金球恰好落在我們的神宮，是佛祖給我們的直接啟示。」

「*我同意*。不過有一點，是我們雙方都暫時未能想通的，那就是：為什麼現在不能從金球得到任何啟示了？」

他聽了我的話，臉上不禁現出憂愁的神色來，我乘機再提出那個請求：「所以，我懇請你將金球借給我研究一個月，**解開它的秘密**。」

他又沉默了片刻，才說：「好，我答應你，但是有兩個條件。」

難得他答應，我馬上興奮道：「只管提！」

他說：「第一，不准**損壞**金球，歸還給我的時候，它必須是原來的模樣。第二，不論你研究的結果如何，都要如實告訴我。」

「這是**理所當然**的事情，我一定遵守你的條件。」我誠懇道。

他拍了拍手掌，兩個老僧走進來，聽了他的吩咐，便去把一個檀木盒子**恭恭敬敬**地捧過來，交給我。

　　我合掌表示感謝，接過檀木盒子，最高領袖便示意薩仁送我們離去。

　　一到了外面，薩仁便興奮地説：「自從**逃亡**以來，我很久未見過他如此健談！」

　　我也由心稱頌：「他真是一個**很有學問**、很聰明，也很開通的人。」

　　我們仍是乘坐那架小型飛機回去，到達機場後，薩仁便和我們分開了，我和白素回 *酒店* 休息。

　　第二天一早，我和白素就乘坐飛機離開，但不是回到自己的城市，而是直飛到美國去。因為只有在美國這個 **科技** 最發達的國家，我才找到有能力幫助我研究這金球的朋友。

第十三章

金球內部 怪異莫名

到了美國，我們在一個朋友的別墅中住了下來。他叫王逢源，是一名**光學專家**，別墅在一個大湖的旁邊。

王逢源是單身漢，為了工作方便，住在不遠處的工廠宿舍中，**假期**才回到別墅來。令我滿意的是，別墅的地下室是一個設備完善的工作室，他是一家專門製作精密儀器的公司的**總工程師**，這對我研究神秘金球極有幫助。

第一天埋頭工作，我就有了 **重大發現**，在金屬光譜分析中，我發現那製成金球的金屬元素，在地球上並不存在。

這間接引證了我的看法——它是來自 **另一個星球** 的。

接着，我用可以透視金屬的 **X光機** 去檢查金球的內部，但是我失敗了，特殊的X射線也不能穿透那種金屬。

然後，我再以精密儀器去檢查金球的表面。我相信整個金球只不過是一個外殼，在金球裏面，應該包含着什麼儀器。既然是 **外殼**，那就一定有接口、焊縫等等的痕迹，可是我用最精密的儀器來檢查，也沒有結果，金球表面平滑到令儀器上所有 **指針** 全指向零。

到了周五，我休息一天，和白素在那湖上**划船**、釣魚。傍晚回家，我那個朋友已經回來別墅度周末了，他這才第一次看到那神秘的金球。

我先花了一小時來講述這金球的來歷和我的見解，然後，他也**興致勃勃**地與我一起研究。

他從一個不鏽鋼的手提箱中，取出一根細細的**鋼管**來，那鋼管的尖端細得比針還細，他將那鋼管接駁在一個儀器上，然後轉過頭來，向我笑了笑。

我問道：「這是什麼玩意？」

「這是我從工廠中帶回來的。為了借用這東西，我還得請求**董事會**批准。」

「它有什麼功用？」我問。

「這叫雷射光束反應攝像儀，只要在金球上鑽一個洞，將 **攝像頭** 對準小洞，就可以拍攝到金球內部的情形！」

「不行！」我立時搖頭 **拒絕**，「我和人家講好了，絕不能損壞金球。」

王逢源說：「只是鑽一個 **小孔** 而已，那小孔的直徑不超過零點零一厘米。」

我撫摸着那金球，「在如此光滑的表面上，出現一個只有零點零零一厘米的小孔也會被人 **發現** 的！」

「但我有儀器可以將小孔補起來。」

「你拿什麼來補？鑄造這金球的金屬是什麼你都不知道，在 🌏 **地球** 上根本沒有這種金屬！」

王逢源冷笑了一下，「天啊，我不需要知道那麼多，只要直接用鑽出來的 **粉末** 補回去就行了，而且可以做到天衣無縫，連儀器也檢測不到任何痕迹。」

聽他這麼説，我也開始動搖了，「真有那麼厲害的技術？」

「當然了！我在什麼公司工作，你不是不知道的。」他驕傲地説。

我望着地下室裏 **林林總總** 的先進儀器，也不得不佩服他，便説：「好吧，我相信你。」

王逢源笑了笑，立刻將金球固定在鑽牀上，用細如 *頭髮* 的鑽針，開始在金球上打孔。

　　鑄造金球的那種金屬極其**堅硬**，王逢源小心翼翼地操作，花了近半小時，才終於鑽出了一個小孔。

　　王逢源看出我滿臉憂慮，拍了一下我的肩頭，自信道：「別慌，我可以補得*天衣無縫*。」

　　他取下了金球，固定到另一個支架上，然後開始操作他特地帶回來的「雷射光束反應攝像儀」，將那尖針對準了小孔，按下一個**按鈕**，一股極細的光束便由尖針筆直地射了進去。

　　經過他一輪操作，熒光幕上顯示出儀器所拍攝到的金球內部影像，那是一幅相當美麗的圖案，全是六角形的排列，整齊美觀，猶如蜂巢一樣。

王逢源講解道：「這便是金球內部的情形了，像蜂巢，每一個六角形大小相等，每一邊是零點零三厘米，看樣子，那種 🐝 **蜜蜂** 相當細小，是不是？」

「不好笑。」我並不欣賞他的幽默感。

「不是開玩笑的，放大給你看看。」

王逢源把影像放大，能看到某些 **六角形** ⬡ 格子裏，有着一些東西，形狀之怪，如同一堆牛屎，而且能經過一根管子，直通到另一個六角形格子去。

王逢源調整了一下儀器的 **攝影** 角度，發現每一個六角形格子中，都有着同樣的管子，四通八達，通向其他的格子，而金球的中心部分就是 **連結** 那麼多管子的總樞紐。

我和王逢源對着熒光幕足足看了一個小時，直到眼睛發痛，仍然弄不明白我們所看到的，究竟是什麼東西。

「看來，這是一個進化了的蜂巢，那些管子就是蜜蜂通勤的 **交通** 管道，對不？」

王逢源覺得自己說話很幽默，我只能報以苦笑，並着急道：「你把影像 **儲存** ⬇ 下來，然後趕快將小孔補起來吧，我怕遲了會補不成。」

「別急，還沒拍夠呢。我們必須收集足夠的影像數據，然後用3D打印機，複製出一個模型來。」

王逢源已經一頭栽進這項研究了，在接下來的幾天，他動用了自己的假期，和我幾乎日日夜夜在工作室中埋首研究。他用 **3D 打印機** 複製出幾十倍大的金球內部模型，我們可以更具體看到金球內部的結構。

我看了看，發現其中一條管子斷開了，便問王逢源：「這條管子 **斷** 了，是不是打印用的物料不夠？」

　　王逢源仔細看了一下，「不是。物料用光不會是這樣子的，看來是 **實物** 本身就是這樣。」

　　「你説金球內有一根管子斷了？」我大吃一驚。

　　只見他二話不説，連忙操作儀器，查看影像，發現金球內其中一條 **管子** 果然真的斷開了，不知道是它本來就斷了，還是我們連日的操作弄斷了它。我們可以看到，那管子雖然是 **空心** 的，但有一些形狀奇特的東西在管子內部滑動着！

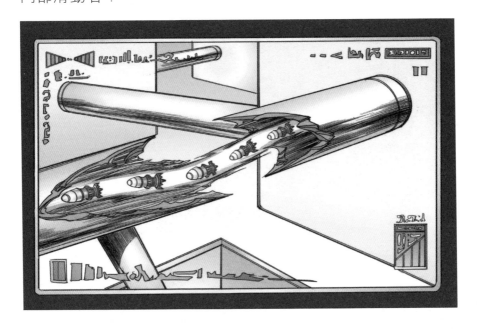

　　如果那些四通八達的管子是交通管道，那麼在管子中移動的東西，就應該是「🚗 車子」了。到底是一些什麼樣的「人👤」，在使用這種交通管道呢？難道真如王逢源所說的小型蜜蜂？那實在太不可思議了。

　　然而，到了第四天晚上，更 不可思議 的事情發生了，我們發現，金球上那個被我們鑽出來的小孔，竟然不見了！

第十四章

奇異的金屬

當發現金球上的小孔不見了，我立時將矛頭指向王逢源，忍不住罵他：「別鬧了，**一點也不好笑！**」

「什麼？」他一臉茫然。

「你偷偷把金球的小孔補起來了，然後作弄我，是不是？」我仔細地檢查着金球表面，點頭道：「不過，你的 *技術* 確實很高超，真能補得天衣無縫，不得不稱讚你一下。」

「我真的沒有啊！」他一臉 **無辜**，突然靈機一動，「我們看看那些鑽出來的粉末還在不在，就一清二楚了！」

他急忙跑到 **櫃子** 前，從櫃子裏取出一個小瓶子來，和我一起仔細地看。

這小瓶子本來儲存着從金球鑽出來的 **粉末**，如今那些粉末可以說在，也可以說不在，因為那已經不再是粉末，而是結成了一個極小的圓珠！

「怎麼會這樣？」王逢源驚訝地叫了出來。

「這些金屬粉末能自行凝聚起來，證明它是活的，有**活動能力**！」我說。這也正好引證了我的看法——神宮那個九宮格櫃子後面的孔道，是金球自己鑽出來的！

「**活的金屬？**」王逢源感到難以置信，卻又覺得很有道理，「對！它一定是活的，所以能生長，能自我修補，使小孔不見了！」

他說完立即又在金球上再鑽了一個孔，然後用高倍數電子**顯微鏡**來觀察它的金屬粉末。在顯微鏡下，那些金屬粉末竟像一群變形蟲一樣，以一種極慢的速度在蠕動，我還發現其中兩顆微粒正在慢慢地融合成一顆！

「老天，**這不是什麼金屬，是生物！**」王逢源怪叫了起來。

我點了點頭，「看來，整個金球是由一種結聚了無數 *微生物* 而成的物體所製造。那種物體有點像珊瑚礁，不過它凝聚在一起之後，卻有着極佳的 **金屬** 性能，而且非常堅硬。」

王逢源充滿疑惑，「那麼，金球能和人作思想上的交流，也是這些微生物作祟嗎？是它們在跟 **人類** 溝通？」

「不知道。」我搖了搖頭，反問：「你這裏有沒有儀器，可以對金球作微電波測試？」

「當然有。」他說。

為了作 微電波試驗，我們又忙了半天，用上最精密靈敏的儀器，可是也得不到任何結果。

在忙了一個下午之後，我 心 中突然升起了一個怪誕的念頭來。

這個金球曾經可以和某些人類作思想上的交流，如今卻不能，但金球依然存在，仍是那個 金球，那表示，跟人類作思想交流的，並非這金球本身，而是金球裏的東西！

最初我認為金球是 外星人 投放在地球上，用來探索高等生命的儀器。如今我卻想到，原本有一種高級生物在金球之中，這種生物能與人類作思想交流，但不知什麼時候離開了金球，所以現在沒有人能夠從金球再得到任何 感應 了。

其他星球上的生物長什麼樣，我們人類是無法想像的。科學家和幻想家們曾作出種種的猜想，有的說外星人可能像八爪魚，有的說像昆蟲。但人的 **想像力** 再豐富，也只是以地球上的經驗作依據來猜想。

地球人有 **兩條腿** ，所以我們猜想外星人可能也是兩條腿，或者多一些、少一些，有八條腿？像八爪魚？但我們想像不到，外星人可能根本沒有腳！

外星生物的體積大小也很難想像，我們能猜想它們像 **恐龍** 那麼大，或者如 **螞蟻** 那麼小，但能不能超出這個範圍？例如比恐龍還要大許多倍，或者細小得連肉眼也看不見？

我停止工作，躺在 **沙發** 上沉思了許久，王逢源忍不住問我：「你在想些什麼？」

「我在想，其他星球上的高級生物，有沒有可能細小得像地球上的 **細菌** 一樣？」

王逢源是個科學家，所以他的回答十分理性而客觀：「其他星球上的事情，*沒有什麼是不可能的*。你究竟想到了什麼，直接説吧。」

「我一直認為這金球是某個 **星球** 投放到地球上的探測儀器，但現在我改變看法了，我認為這可能是一艘太空船，而且裏面容納了許多極細小的外星人！」

王逢源呆了半晌，才説：「他們來幹什麼？**星際移民**？」

我苦笑道：「不知道，也可能是來旅遊。」

「來旅遊幾百年？」他難以相信。

我解釋道：「首先，**幾百年** 對他們來説是長是短，我們不知道。其次，我認為他們已經離開了這個金

球，所以那些高僧無法再從金球得到任何 **啟示** 。」

「全部離開，一個都不剩了？」他問。

我搖頭表示不知道。

「他們是怎樣進出這個金球的？」他又問。

我又搖了搖頭，然後雙手搭在他的肩頭上，問他：「你有沒有 **工具** 🛠 可以將金球剖開？」

王逢源撥開了我的手，「你瘋了，當初我要鑽一個小孔，你也不肯，如今你卻要將金球剖開來？我有能力將小孔補起來，卻沒本事將剖成兩半的金球 **縫合** 得完好無缺！」

我聳肩道：「不需要你來縫，反正它會自己長好的，怕什麼？」

王逢源呆呆地望着我，「你確定？任何 **後果** 我可不負責啊！」

我點頭道：「剖！」

一個小時後，金球被剖開來了。

儘管我們十分小心，也不免將那些細如頭髮的管子弄斷了一些。我們用電子顯微鏡去看，也沒有什麼新的發現，和之前用儀器 拍攝 到的情形差不多。

持續研究了好多天，依然沒有進一步的發現，我們都十分失望，只好放棄，因為**歸還**金球的限期快到了，我和白素不得不帶着它回到印度。

那被剖成了兩半的金球，的確能自行**生長**癒合，可是速度十分慢，出乎我預計之外。是我疏忽了，以為金球只需四五天就可以**復原**，因為上次的小孔也是四天後就不見了。但只要細心想一想就知道，兩者的缺口大小**天差地別**，豈能相提並論。

我們到了印度後，暫時不敢露面，只好租住一幢偏遠的房子，靜待金球復原，希望能盡快將金球歸還給人家。

那一天早上，正當我在園中舒展**四肢**，做一些體操的時候，忽然看到一輛黑色房車停在門口。車門打開，先下來兩個**年輕人**，然後兩人又扶着一位老者下車。

那個老者身穿袈裟，一看便知是一位高級僧侶，三個人一起來到了門前。

我很快就認出，那年老僧侶正是 **章摩**，他是他們宗教的第二號人物，是最高領袖的得力助手，我自然在 新聞 媒體上見過他的照片。

這時我心中十分驚訝，章摩何以知道我在這裏居住？由於金球尚未復原，我人雖然到了印度，卻不敢去見他們，也未作任何聯絡，一直隱身於這 **房子** 之中。

既然他們找到來了，我也不再退避，大方迎了上去。

章摩隔着 **鐵門** 看到了我，他滿是皺紋的臉上，展現出無比驚訝的神色來。

這使我十分疑惑，他專程來這裏，當然是來找我和白素的，見到了我，是最自然不過的事，何須驚訝如此？

我繼續向前走去，只見章摩立即 **雙手合十** 說：

「閣下一定是衛斯理了，原來你真的在這裏，實在太神奇！」

　　我聽不懂他説「太神奇」是什麼意思，但至少有一點是可以肯定的，他的確是來找我。我連忙拉開了鐵門，章摩掙脱了那兩個年輕人的扶持，踏前一步，緊握住我的手，不斷説：「太神奇了，這真是太神奇了。先生，你幫了我們一個大忙！」

第十五章

神靈感應

章摩的話令我感到 **莫名其妙**。這時，白素也出來了，一看到章摩，大感驚訝，連忙請他和那兩個年輕人進來，在花園中那舒適的 **椅子** 上坐下。

白素疑惑地問：「章摩先生，你怎麼知道我們在這裏？」

「**是啟示！**」章摩激動地説：「最高領袖忽然召見我，説他又得到感應了，知道你們已來印度，住在某處。那種感應，就像以前面對着**天外金球**時所產生的感應一樣！」

我望了白素一眼，她臉上帶着不太相信的神色。

章摩卻愈説愈興奮：「當晚，我也得到了同樣的感應，雖然天外金球不在我的面前，但我有那種**神奇**的感應，知道了你的住址，並且有一個口訊要帶給你！」

「口訊？什麼人託你給我帶**口訊** 💬？最高領袖嗎？」我有點疑惑。

章摩嚴肅地說：「是神，你快要成為神的弟子了。」

我有點摸不着頭腦，「是什麼口訊？」

「你將獲得這種感應能力。」

我皺了皺眉，「像你和 **最高領袖** 那樣？怎樣才能做到？」

章摩緩慢而清晰地教導我：「你必須一個人靜坐，絕對的靜寂，不去想任何事，也不要急切地渴望得到啟示，♥**心中一片空靈**，自然會得到啟示。」

「我將得到什麼啟示呢？」我問。

他搖頭道：「我也不知道，神要我 **告訴** 你的，就是這些，還有那金球——」

「金球在我這裏，但是……」我情急智生說：「為了 **練習** 感應神給我的啟示，那個金球我想多借幾天，之後一定歸還。」

章摩點了點頭，「好的。你使我和最高領袖又恢復了獲得 **啟示** 的能力，我們十分感謝你，你記得依照我所說的去練習，我告辭了。」

他站了起來，由那兩個年輕人扶着離開，我和白素禮貌地送他到門口，看着他們的車子離去。

然後，我轉過身來，覺得有點啼笑皆非，「天啊，我要成為 **神的弟子** 🙏 了。」

但白素冷淡地說：「那只是他們的講法。」

「什麼意思？」

「你忘了嗎？你和他們的說法有所 **不同**，他們說的『神』，在你口中是『高級外星生物』。所以『神的弟子』，換成你的說法就是外星人的——」

「的什麼？」我緊張地說：「手下？僕人？」

「也可能是傀儡、奴隸。」白素故意嚇唬我。

「那麼我還該聽章摩的話，靜坐去 **感應** 啟示嗎？」

白素冷笑了一下，「你出於好奇心，連人家的金球也剖成兩半了，打坐那麼溫和的行動，你會不嘗試嗎？」

我立時笑道：「你真了解我。」

我們回到屋內，從當天下午起，我便開始摒除雜念，強迫自己聽完馬勒的 🎵**第七交響樂**，讓音樂先將我的思想帶到空靈的境界中。

當夜色來臨時，我在一間小室的**窗**邊坐下來，坐在墊子上，窗外臨着一棵大菩提樹。

開始的時候，*微風* ⇒ 吹動窗外的菩提樹，發出輕微的沙沙聲，不免擾亂我的思緒。但過了不久，不知是風停了，還是我的思緒更集中了，我再聽不到聲音，像是在一個完全空靈的境界中，什麼也感覺不到，什麼也不存在。又過了好一會，那是**突如其來**的一種感覺，我竟然聽到有人在向我講話。

「你聽到我的聲音麼？你聽到我的聲音麼？」那聲音十分柔和，猶如 **耳語**。

我也用同樣大小的聲音答道：「我 **聽** 到了。」

那聲音説：「啊，很好，你終於聽到我們的聲音了。你看不到我們，我們講的話，你聽得懂？」

「我聽得懂。」我説。

「你們這個世界很奇異，**語言** 竟然有七千四百三十八種之多。

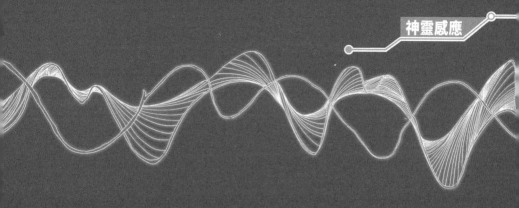

而且，能感應我們所發出的微電波的人並不多，這是令我們最苦惱的事情。」

我聽到這裏，心情不禁激動起來，**睜開眼** 👁 想看看對方是什麼模樣，可是什麼也看不到。而且我一興奮，便失去寂靜，忽然聽不到對方的聲音。

我只得強迫自己再安靜下來，這實在不是一件容易的事，足足過了十分鐘，我才又聽到那聲音説：「你必須保持**心境寧靜**，因為能聽到我們聲音的人並不多，那些人一定要在寧靜之中，與我們發出的微電波互相感應，才可以聽到我們的聲音。但可惜的是，這個星球上，經常靜坐，能夠聽到我們**聲音**的人，大多具有一種十分玄虛

的思想，而只有你，是第一個想到我們是另一星球高級生

物的人！」

　　我竭力抑遏着心中的興奮，盡量 **保持平靜**，

「那麼，你們來自什麼星球？」

　　「我們的星球小得可憐，那是一顆小行星，細小得

連 **毀滅** 了，你們也未曾發現，就好像從來沒存在過

一樣。」

　　我呆了一呆，「原來你們的

小行星……已經毀滅了？」

　　「是的，我們的小行星受

到其他星體的 **引力** 變化

所影響，脫離了軌道，最終落

到地球上來。但我們早已計算

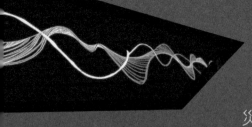

出我們的行星會遭遇這個情況，所以及早準備，在災難未曾發生之前離開。」

「所有的人嗎？」我驚訝地問。

「對。我們全體，**同心合力** 製成了一隻碩大無朋、可以容下我們全體的飛船。那飛船用一種生長極緩慢的微生物作主要 **材料** 。本來，我們是準備飛到別的小星球上去的，可是我們起飛的時間慢了一點，結果落到了地球上，若干年後，我們才知道，那是地球上最神秘的地區之一。」

「所謂若干年後，是指你們對 **地球** 有深入了解之後？」

「是的。我們來到了地球，派出許多小飛船去偵查，將 **偵查**  的報告帶回來，積年累月，我們才對地球有了一些了解。」

「你們來地球有多少年了？難道一直沒有人知道你們的存在，猜想出你們的 **身分**？」

那聲音說：「以你們的標準來說，我們的壽命長得難以想像，而你是 **第一個** 能猜想出我們真正身分的人。」

我忍不住笑了起來，「可是，如果我將這件事說出來，別人一定以為我是個瘋子。」

「那是一定的，事實上，不少人在聽到我們的聲音後，

驚慌得 **大聲尖叫**，而我

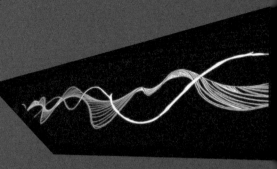

們也不輕易和人交談，現

在特意與你談話，是有一件

事想請你幫忙。」

「謝謝你們看得起我，你們需要什麼呢？」

那聲音說：「我們全體，在經過那麼長時間之後，都

想 **回家** 了。」

「回家？」我很愕然，「可是你們的家，已經毀滅了

啊，怎樣回家去？」

那聲音有點無可奈何：「是的，我們的星球遭遇大

災難，卻又不至於完全毀滅，它墜落到地球上。」

我大感訝異，如果有別的星球和地球相撞的話，地

球早就完了。可是我立時想起，他說過他們的星球十分細

小，我便問：「你們的星球細小到什麼程度？」

那聲音笑了笑：「照你們的 **度量衡** 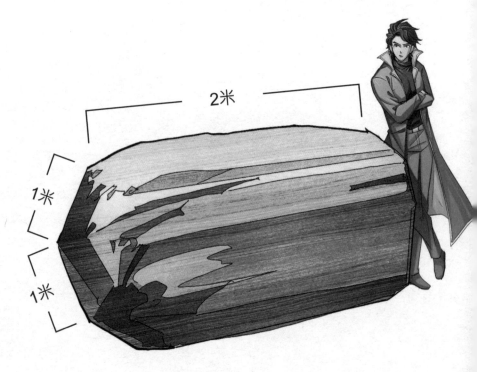 標準來說，它大概有四十二點七立方米。可是，當我們在地球上找到它時，它只剩下最堅硬的 **核心** 部分，有兩立方米左右。雖然只剩下那麼一點，但它是我們的家鄉，我們需要它。」

2米

1米

1米

第十六章

　　我得知他們星球的體積時，不禁吃了一驚，本來的體積已經很小，**墜落** 在地球後，更只剩下兩立方米而已，那還算是星球嗎？我實在難以想像。

　　「你們已經找到自己的星球了？」我問。

　　那聲音無奈道：「雖然找到了，可是我們發現它被當作一幢巨大 **建築物** 的基石，我們沒能力將它弄出

71

來，而且，就算弄出來之後，也沒有法子使它回到原來的星際去。」

我馬上猜想到那「巨大建築物」是什麼，「神宮？」

那聲音說：「是的，在我們的**大飛船**降落時，我們的星球也同時落到了地球表面，大飛船被當作神物供奉起來，我們的星球則在若干年後，被人發掘了出來，作了神宮其中一座附屬建築物的基石。我們在大飛船中生活了許多年，才找到克服地球**地心吸力**的方法，但是我們只能離開大飛船，以小飛船作飛行，卻始終不能使大飛船起飛。而老實說，我們不願意再在**地球**上待下去了。」

「你們說的大飛船，就是那個金球？」

「是的。我們本來幾乎全體離開了金球，坐着小飛船，分頭去想辦法取出我們的星球。直到最近，我們突然接收到金球受損的**警報**，所以又匆匆集合回來。」

　　我尷尬地笑了一下，怪不得白素取出金球後，章摩和最高領袖都無法從金球得到啟示，那是因為絕大部分的「外星人 👽」都出去想辦法救自己的星球，不在金球內。至於那金球受損的警報，自然是因為我和 王逢源 將金球剖開所引起的。他們紛紛回來了解情況，想與我 溝通，所以去給最高領袖和章摩啟示，要我學習如何感應。

　　突然間，我覺得手心之上似乎有什麼東西碰了我一下，同時，我聽到那聲音像是從手心發出來似的：「我們請求你幫助，你現在勉強可以看到我們的 小飛船，請你看看。」

　　我睜開眼，俯首向手掌看去，黯淡的月色從窗外透進來，我看到我的手心上，有五顆 **淡金色的小點**，細小得如針尖一樣。

　　我驚嘆了一聲：「那是⋯⋯」

　　「這是我們的六人小飛船，這裏五艘共有三十個人，是全體的 **領袖**，我們來請求你幫忙，希望你能答應。」

我注視着手掌上的小金點，心裏充滿了驚訝和疑問，驚訝於竟然有這麼細小的飛船和高等生物，驚訝於這麼微小的體積能發出我能聽到的聲音，而我亦很**疑惑**，他們想我幫忙什麼？

那聲音接着說：「我們希望你能將那被當作基石的星球取下來，帶出那地區，並且設法將它裝在一枚火箭上，送回**太空**去。」

我登時啼笑皆非，只怕世界上也沒有一個人，可以完全辦到他們的要求。我苦笑道：「我想，你們雖然在 **地球**上逗留了好幾百年，但是對於地球上的一切，似乎還不夠了解。」

「不，我們知道這是一件**極困難**的事，我們要求你這樣做是不情之請。如今對我們來說，最大的困難是我們不能克服地球的地心吸力，無法舉起我們的星球，除此

以外，有許多地方，我們都能 **盡力協助**。譬如說，我們的六人小飛船速度相當快，它在全速飛行時，幾乎可以穿過任何物體，甚至穿進一個人的 腦袋，切斷一根神經，使這個人變成傻子。我們還可以發射一種殺傷力極強的 *光束*，致人於死地。」

我呆住了片刻，才說：「我絕不懷疑你們具有這種能力，可是要我成功進入神宮所在地，將一塊兩立方米的基石取出來，並帶走，*是**不可能**的事*，除非將那個地區所有的敵人都殺死或者變成傻子，但我猜想你們也不會同

意這樣做，對嗎？」

　　那聲音過了很久才無奈地說：「你說得對，對其他星球造成 **破壞**，並不是我們的原意，或許我們是太想家了……」

　　我忙道：「希望你們明白，並非我不願意幫助你們，而是真的 **無能為力**。」

　　「我們明白了。」

　　聽完這句話之後，我就再聽不到那聲音，而我手心上的五個小金點也不知道什麼時候消失了。

我一個人在那小室中坐了一會，才走了出來，發現白素原來一直在 門  外，她一見到我就問：「我聽到你講的每一句話，可是⋯⋯你真的聽到他們的 聲音 ？」

「你沒聽到？」我反問。

白素搖頭道：「除了你的聲音之外，我沒聽到其他聲音。」

我苦笑了一下，「一切和我事先所猜想的太吻合了，所以我甚至懷疑那是不是自我 催眠 下的幻聽。」

白素皺着眉，「你先說說看，究竟聽到了些什麼？」

我握住白素的手，將剛才的 經歷 向她叙述了一遍。她聽了之後，竟然問：「你為什麼拒絕他們的要求？」

「我不能不 拒絕 啊，你想想，我有什麼能力去做這樣近乎不可能的事？」

白素低着頭，「可是他們太可憐了，在不屬於自己的 星球 上，繼續過着他們不願意過的日子⋯⋯」

「你不要這樣想。」我嘗試開解她：「他們沒有你想像中那麼可憐。他們是 智能 比我們高一百倍、科學比我們發達一千倍的高級生物。」

「但他們向我們求助，他們想家了，這裏不是他們的 家 ，而我們不願意歸還他們的家。」

「天啊！」我雙手輕輕搖了一下白素的腦袋，「他們一定是穿過了你的腦袋，切斷幾條 神經。你知道他們的請求代表了什麼嗎？代表了我要潛入戰地去，將一塊大約兩立方米

的 **岩石**，從一座龐大建築物的底部抽出來，還要將它運走，然後再找一枚 **火箭**，將那塊岩石送到虛無縹緲的太空！」

白素沉默了好一會，才嘆氣道：「真不公平啊，金球是我千辛萬苦從神宮帶出來的，為什麼你能得到啟示，我卻得不到？」

我以為她在 **嫉妒**，便故意調侃她：「這種事，還得看慧根的。」

怎料她竟然說：「如果他們請求的人是我，我一定答應。」

「什麼？」我有點訝異。

只見她不知是認真還是 **開玩笑**，轉過了身，冷冷地拋下一句：「你不去，我去。」

第十七章

整個星球在眼前

　　白素居然說，如果我 **不願意** 幫那些外星人取回星球，就讓她去。我只當那是賭氣的話，便安撫她說：「別鬧了，早點休息吧。」

　　她默默地點了一下頭，我們互道一聲「**晚安**」，便各自回到睡房去。她的睡房在我的對面，我等她關上了門，才回到自己的睡房，不知不覺就 **睡** 着了。

那夜我做了一個夢，夢見自己在一座極宏偉的建築物前面，用力想把底部的一塊石頭抽出來，我抽得滿頭大汗，有種**愚公移山**▲的感覺。突然「轟」的一聲，整座建築物倒塌下來，壓在我的身上，奇怪的是，我竟然沒有死，被埋在瓦礫中，不知所措地掙扎着之際，忽然聽到有人在叫我的**名字**：「衛斯理！衛斯理！」

我立即大叫：「我在這裏！我得救了！」

而我就在那種狂喜之中醒了過來。

那是十分駭人的噩夢，我驚醒之後還在劇烈地心跳，而最奇怪的是，我仍然聽到有人在叫着：「**衛斯理！衛斯理！**」

我猛然坐起身來，房內除了我之外並無別人，而我很快就認出那把**聲音**，是我昨夜靜坐時所聽過，那些外星人的聲音！

　　我睡得不好，禁不住 **大發脾氣**：「這算什麼？因為我拒絕了你們的請求，所以連睡覺也不放過我嗎？別告訴我，剛才那個噩夢也是你們穿過我 **腦袋** 所做的傑作！」

　　那聲音説：「不。我們不會這樣做。但是我們必須吵醒你，真對不起。」

　　「有什麼事情一定要吵醒我，不能等 **天亮** 再説？」

　　「其實天也快亮了。不過重點是，白小姐走了，她單獨一個人去，十分 **危險**，所以我們不得不吵醒你，告訴你。」

　　「什麼？」我從牀上直跳了起來，衝出了我的房間，看見對面房間的門是開着的，一張 **紙條** 顯眼地被壓在書桌上，我箭步竄了進去，房內無人。

　　我拿起那張紙條，上面是白素寫的字：「我必須去，我覺得他們比那些逃亡的人更可憐，既然去神宮奪取金球這樣 **困難** 的事我都願意去做，而且也做到了，這次幫外星人取回他們的家，又何足懼？等我回來。素。」

　　我立刻大叫：「她走了多久？」

　　我得不到回答，因為心緒不寧靜，我的 **腦電波** 無法與「他們」感應。

　　但白素要去哪裏，我自然知道，現在 **唯一** 可以做的，就是馬上追去，希望還趕得及。

　　我匆匆收拾了一下，便立即趕去機場，我以為白素一定已經上了 **飛機** ，所以心中打算到了目的地再想辦法找她，怎料一到機場，就在顯眼的位置看到了她。

　　我大喜過望，直奔過去，「我以為你已經上飛機了。」

　　怎料白素掏出了兩張 **機票**，把一張遞給我，「在等你呢。」

　　我呆呆地接過了機票，問她：「你知道我一定會來？」

　　白素笑而不語。

　　「萬一我沒有這麼早 **起牀** ，太晚才看到你的字條呢？」我瞪大了眼睛。

　　白素笑道：「我寫完字條之後，就對着 **空氣** 説：『如果想衛斯理幫你們取出星球，請在我出門半小時後，用盡一切方法叫醒他，告訴他我走了。』」

　　「原來你們是一伙的！」我忍不住叫了出來。

　　白素聳聳肩説：「我也不知道他們是否能聽到，只是**碰碰運氣**而已。」

　　「你怎麼知道我看了字條就一定會來？萬一我不來呢？」我賭氣地問。

　　「這個問題我從來沒有想過。你會不來嗎？」她自信地笑了笑，隨即拉着我跑：「快，飛機快起飛了！」

　　登上飛機後，我手背上有一種十分輕微的感覺，抬起一看，發現手背上沾了不少金色小點，就像一些極幼細的**金粉**一樣，我連忙沉聲對白素説：「你看到了沒有？」

白素深深地吸了一口氣，「看到了，他們竟有那麼多！」

她一面説，一面伸出 **手指** 來，想去撫摸那些金粉，我連忙提醒她：「不要碰他們，他們那麼細小，我們輕輕的一碰，對他們來説可能是千斤重擔。」

白素縮回了手，低聲説：「那麼小的外星人，真是太不可思議了，我想，他們跟來，是要 **協助** 我們完成這件事。」

我嘆了一口氣，沒有再説什麼，仍然認為那是根本**不可能成功**的事，所以我心中已經打定了主意，和白素一同去那塊基石所在的地方，讓白素親眼去看，親身去試，使她明白那是辦不到的事，我們再一起退出來。

只有那樣，白素才會 **死心** ♥。

飛機到達目的地後，我們坐車子進城，那是一座小

城，在和平的時候，來自世界各地的爬山和探險愛好者，都喜歡在這裏聚集，所以這個小城有齊備的爬山用品供應。

我和白素在毫無準備的情形下，倉卒來到這裏，買了一些必需的工具後，當天晚上就開始踏上征途。

幸好白素有過經驗，我們走她上次走過的那條舊路，先穿過一片叢林，小心翼翼地避開哨站和巡邏隊。接着，我們又翻山越嶺，深入腹地，白素終於和第一個游擊隊取得了聯絡，那個游擊隊是在一個隱秘山谷的廟宇之中，為了歡迎白素重來，幾百人進行了一夜的聯歡。

我和白素休息足夠後，又繼續上路，在接下來的日子中，我們沿途有游擊隊的照應，可算十分順利。

當我們漸漸接近神宮的時候，那些小金點又出現了，那是晚上，它們在我們的眼前不斷地閃動着，像是為我們引路。

如果不是我們早知道了這種小金點的來歷，根本不會注意到它的存在，就算看到了，也只會當它是 **塵埃** 而已。

不過我和白素知道那是飛船，每一個小金點就是一艘「**六人飛船**」，也就是説，在每一個小金點裏面，一共有六個細小的外星人！

我們跟着那些金色的「塵埃」向神宮走近，路線非常巧妙，能避過所有 **耳目**，輾轉來到了神宮左翼的一座建築物對面。

我們站着的地方，離神宮還相當遠，所以甚少兵士巡邏，而且 **地理位置** 🔸 十分適合觀察那座建築物。

當那些小飛船消失了之後，我和白素都取出了 **望遠鏡** 來，向前觀望着。

那附屬建築物有五層高，看得出是後來附加興建的，整座建築由一塊塊灰色的 **大石塊** 砌成，但是在最底部，卻有一塊很大的石塊是褐金色的，顏色十分美麗。

我看到了那塊石頭後，不禁倒抽了一口涼氣，問白素：「你看到了沒有，**那塊石頭被壓在最底下**。」

「我看到了，很美麗。」

「的確是很美麗，但怎麼取出來呢？」

白素放下望遠鏡，望了我一眼，然後低着頭，一句話也不說。

我趁機道：「你現在也看到了，那根本沒有可能。」

　　白素卻搖頭說：「不，我在默算着，需要多少公斤的烈性 **炸藥** ，才能將整座建築物炸掉，取出那塊金色的石頭。」

　　我被她的話嚇了一跳，連忙道：「你瘋了嗎？為了取出一塊石頭，將整座 **建築物** 炸掉，那得用多少炸藥？還不如將它旁邊的石塊炸去，這樣方便得多。」

　　「可是炸藥太接近那金色石塊，不怕連它也炸毀嗎？」白素問。

「他們星球僅餘下的這個**核心**部分是最堅固的，墜落地球都未能將其燒掉或撞毀，區區炸藥肯定傷害不了它。」

「嗯，就按這個方法去辦吧。」

我一聽白素這麼說，當場**呆若木雞**，知道自己又上當了。我本來想使她知難而退，卻沒料到她反過來引導我說出了可行的辦法！

我結結巴巴地說：「大前提是……我們需要一個炸藥**專家**……佈置適合分量的炸藥，才可以恰好將周邊的石頭炸去……」

白素拍了一下我的肩頭，「靠你了，專家。」

「我？」我幾乎被她氣得**跳**了起來，可是又無從反駁她，因為我十分熟悉各種炸藥的運用，的確稱得上是一名專家。

我本來還想問她去哪裏找炸藥，但我知道她向游擊隊請求就會有了，所以我搜索枯腸，終於給我想到了這個行動的 **最大障礙**，我說：「還是不行！只要爆炸聲一響，神宮內外的兵士都會立即趕來看看發生什麼事，我們怎樣帶着那塊兩立方米的 **星球** 成功逃走？」

第十八章

我提出的問題並非藉口，而是確確實實必須解決的
難題。

然而白素實在太聰穎了，不用多久就想到解決辦法，
她說：「我們可以請游擊隊在神宮附近發動火炮*偷襲*，
將大部分兵士引到右翼那邊去，而且連密的炮火聲也可以
掩蓋我們這邊的**爆炸聲**，使人不會察覺這邊發生的
事。」

　　我又問：「就算他們察覺不到，我們又用什麼方法將炸藥運進去，還要將那塊兩立方米大的 **石頭** 運走？」

　　「那就容易，我們都擅長化裝，我們可以裝扮成 **軍官**，在偷襲發生後，他們的兵士一定非常忙亂，到時我們駕着軍用卡車進入神宮範圍，説是來緊急為火藥庫補給的，他們一定不會懷疑。」

　　「這做法很聰明。」我不禁讚許道：「這樣的話，我們的 **卡車** 上有炸藥和各種工具都十分合理，不但可以名正言順地將火藥和起重工具運進去，而且還可以將那塊大石頭用卡車運走。」

　　「萬一爆炸後被人發現了，我們還有 **應變策略**，

可以盡快將石頭搬上卡車，然後讓卡車連同石頭直衝出懸崖，跌落山谷去，而我倆則及時跳車，從山路逃走。」

「嗯！」我點頭道：「那塊石頭堅固無比，就算卡車跌個 **粉身碎骨**，它還是會完好無缺躺在山谷裏，只要預早派一隊人在山谷附近作準備，一看到那塊金色石頭就可以及時運走。」

白素微笑着問：「那麼，你還有其他問題嗎？」

「有。為什麼我的 **未婚妻** 會這麼聰明？」

白素雙手用力捏了一下我的臉，「因為她要應付一個很 **狡猾** 的未婚夫。走吧，趕快回去借炸藥和工具！」

我們回到游擊隊的據點，白素將我們的計劃告訴了游擊隊的幾位領導人。白素曾經 **赴湯蹈火** 為他們闖入神宮取出金球，是他們的大恩人，所以他們想也不想就答應了白素的請求。

一切準備就緒，趁着某個夜晚，他們在神宮外圍發炮偷襲，製造混亂，將神宮內外的兵士引到 **右翼** 的方向去。

我則駕着軍用卡車，化裝成一位軍官，白素也化裝成一名女軍官，駛進神宮範圍。

卡車是游擊隊以前行動中的 **戰利品**，還有軍服和證件，正好大派用場。

我對關卡的人員快速出示了一下證件，説是來補給火藥庫的。由於他們都忙着應付游擊隊的炮火，所以匆匆放行。

我於是將車子駛向左翼那座建築物，離那塊金色石頭不遠的地方，然後從車上取出一條條的炸藥，迅速佈置在那金色岩石的周邊，而白素也準備好 **起重工具**，隨時行動。

我將炸藥 **引線** 拖了出來，到了我們停車子的地方，我計算得很清楚，炸藥的威力剛好可以將金色岩石周邊的石頭炸開，而 **爆炸** 的威力不會波及到車子的位置來。

一切佈置妥當後，我和白素交換了一個眼神，便一起按下槓桿，引爆炸藥。

那一下爆炸聲極其驚人，我自問在事前已 **計算** 得非常精準，可還是算漏了那塊金色岩石的反應。它內在好像有特殊的 **防禦機制** 一樣，爆炸時，一股強大的氣流從金色岩石反彈開來，將我和白素，甚至連那卡車都震飛了開去，掉下 **懸崖**。那輛卡車翻下山去，我和白素也

滾落山坡，幸好滾了幾十呎便抓住了一株 樹，才沒有跌個粉身碎骨。

我們驚慌得說不出話，喘着大氣，好一會才定過神來。

由於我們早有應變策略，所以在山谷和山坡各處都安排了一些游擊隊員，準備撿拾掉下來的金色岩石，他們亦剛好在一處山坡接應了我和白素。

我告訴他們那卡車上並無金色岩石，行動算是失敗了，叫他們盡快傳令開去，立即撤退。

游擊隊鳴金收兵，迅速撤退。

我們回到了據點，一連幾天，靠游擊隊打聽神宮那邊的情形，想找機會回去取金石。

可是發生了那麼大的事件後，神宮內外已加強了防衛，滴水不漏，根本沒有機會再潛入去。

某個晚上，我看到白素**悶悶不樂**，便安慰她：「不用失望，我們還有機會取得金石的。」

「還有什麼機會？」白素認為我只是在安慰她。

「他們發現那塊金色石頭在**爆炸**後竟然完好無缺，而周邊的石塊卻全給炸開，一定會覺得那塊金色石頭異常**奇特**，接着會怎樣做？」

白素馬上明白我的意思了，「他們一定會將那塊石頭運走，送到其他地方去**研究**。」

「無錯，而我們可以在他們運輸的途中，想辦法將它搶下來。」我説。

白素看到了一絲希望，心情也好了一點。我和她在曠野裏，一起望着**星空**，讓心情平靜下來之際，我忽然聽到了微弱的聲音，我知道是「他們」！

那聲音説：「不在了，我們的星球已經不在了。」

「不在？是什麼意思？難道我把你們的星球也炸毀了？」我驚問。

那聲音說：「不，它不會 **損毀**，只是，我們剛去過神宮，發現它不在神宮了，從兵士的對話中得知，我們的星球已被送到一個秘密的研究基地去。」

「基地在哪裏？」白素忽然問。

白素這句話沒什麼特別，但我很快就驚訝起來，「你也聽到他們的 **聲音** 了？」

白素點點頭，但盡量保持心情平靜。

那聲音嘆了一口氣，「聽說那是個 **守衛** 極森嚴的地方，我們不會再來麻煩你們了，你們已經幫忙完成了 **最困難** 的部分，餘下的，就等我們自己想辦法吧。」

「你們有什麼辦法？」白素問。

「當生存受到 **威脅** 時，自然會想出辦法來，就好像當時我們知道自己的星球將會遭遇 **災難** ，我們便建造大飛船，拯救了我們星球上的全體人員。」

白素緊張起來，「你為什麼這樣説，難道現在你們的生存又受到威脅了？」

那聲音又好像嘆了一口氣，「我們活不下去了，我們最需要的一種 **氣體** ，已快用完，飛船內的存量只夠我們多活半年，而我們發現地球上根本沒有這種氣體。只有將我們的星球，連同我們一起送回到 **太空** ，才能回復到適合我們生存的環境。」

我們聽了之後，心情十分沉重。

「大飛船——即是你們説的金球，已經自行復原了，你們可以還給那個 **最高領袖**，我們並不介意。我們也挺喜歡和他待在一起的，他的感應能力特別好。」那聲音頓了一頓，再説：「請不用替我們擔心，你們已幫上很大的忙，萬分感謝。再見。」

説完這句話後，那聲音就 **消失** 了，再沒有出現過。

我和白素都因為心情沉重而睡不着，索性在曠野裏靜坐到天亮。

第二天，我們乘搭飛機到加爾各答，將 **金球** 歸還給章摩，再轉交最高領袖，然後，便坐飛機回家。

第十九章

　　回到家裏，老蔡熱烈地歡迎我們，但我們卻 **笑** 不出來，情緒依然有點低落。因為我們知道那些細小的外星人，會在大約半年之內全部死亡。那種不舒服的感覺壓在我倆的心頭。

　　我們盡量避免提起這件事來，在接下來的幾天，努力策劃我們的 **婚禮**，並拚命去遊樂，可是我們始終無法開懷地笑。

某天晚上，我和白素終於忍不住，想用靜坐的方式嘗試再與那些 **外星人**  溝通，問問他們的近況，看看有什麼地方可以幫助他們。可是我們一無所獲，未能聽到他們的聲音。

我們打算 **放棄** 的時候，忽然聽到「格勒」的一下聲響，由於我們正在靜坐，所以很微細的聲響也聽得十分清楚，那是有人在用鑰匙開大門的聲音！

我、白素和老蔡都已在屋內，誰還會有我家的鑰匙，在三更半夜開門進來？難道是 **小偷** ？

我們靜坐的地方是書房，早已關了燈，而樓下的客廳中也沒有 **開燈**，我向白素做了一個手勢，示意她留在書房中，而我則靜靜地拉開房門，走了出去，跨上 **樓梯**  的扶手，無聲地滑下去。

我滑下樓梯後，迅速在一張沙發後面躲了起來，然後便聽到一下剪斷 **防盜鏈** 的聲音，我幾乎可以肯定對方是小偷。這小偷算是倒霉了，在我和白素心情不好的時候來「**光顧**」，等於是自動送上門的出氣包。

可是，當那人一推門進來時，我探出半個頭去看，發現對方身形相當 **矮小**，但步法異常嫻熟，一看就知是個武術高手，而且我很快就判斷出，他是 **錢萬人**！

錢萬人似乎還有同伴在屋外守着，因為我見到他進屋時，向外面作了一個手勢，示意對方待在門外。

我還看到他跨進來一步之後，隨即掏出手槍，套上 **減聲管**。

看到他手中有武器，我也不能跟他客氣了，等他來到離沙發只有五六呎之際，我用力推出 **沙發**，使整張沙發帶着極大的力道直撞向他。

錢萬人雖然立即發覺，轉過身來，「撲」、「撲」連射了兩槍，但是他的身子仍然被沙發撞跌在地。

我一看到錢萬人被撞倒，雙手立即抓住了 **地氈** 的邊緣，將地氈猛地向上抖了起來，使錢萬人無法站起來。

　　錢萬人在忙亂中又放了兩槍，根本無法射中 **目標**，而我不給他發第三槍的機會，已連人帶地氈，壓到了他的身上，並順手拉起一張用整個 **樹根** 雕成的小几，重重地敲向錢萬人。

　　確定他已被我敲暈之後，我站了起來，先到門口，打開一道縫向外看了一看。

　　我們在客廳中的 **打鬥** 雖然激烈，而且錢萬人還發了四槍，但是由於槍配有滅音器，聲音並不十分大。只見門外人影閃閃，足有七八人在外，監視着我的房子。卻不知道他們的頭子已經被我 **制服**。

　　我再回到了地氈旁邊，掀開了地氈，發現暈倒的錢萬人流着 **鼻血**，幾乎連鼻骨都被我打斷。

　　我將他拖上了書房，白素緊張地問：「是小偷麼？」

　　我低聲説：「**是錢萬人**！」

白素吃了一驚，「是他？」

我笑道：「怕什麼，你看他，十足像一條死魚！」

白素 **低頭一看**，看到了錢萬人的樣子，不禁笑了起來：「怎麼一回事？他何以如此不濟？」

我拍了拍胸口，「不是他不濟，是我神通廣大。」

白素笑道：「老鼠 跌在天秤上。」

我將錢萬人拖進書房，取出了兩副手銬，將他的雙手和我書桌的不鏽鋼腳鎖在一起，又用毛巾塞住了他的嘴。然後，我用一盆 **冷水** 將他淋醒。

他睜開了眼，竭力地掙扎着，蹬着腿，想要彎身坐起來，但由於雙手被制，所以不論怎樣 **掙扎** 也沒有用處。

115

我提醒他：「錢先生，我知道你有手下在外面，但你已經落入我手中成為 **人質**，如果你敢亂叫，他們衝進來也沒有用，只會眼巴巴看着他們的頭子如何被人羞辱。」

像他這樣的人，最着緊的是 **面子**，所以我知道他不會亂叫，於是把他口中的毛巾拿下，他隨即沉聲道：「你們想怎樣？」

我冷笑了一聲，「這正是我要問你的問題，你半夜帶槍進入我的家 ，到底想怎樣？」

「哼，我只是來取金球，只要你們不反抗，我沒打算傷害你們。」

「那麼你來錯地方了，我們已經將金球物歸原主。」我說。

「你把金球還給他們了？」

白素說：「對啊，看來你們的情報工作尚待改善。」

「哼，那放了我。」錢萬人掙扎了一下。

我笑道：「放了你，讓你繼續去害人嗎？」

「**少放屁了**！你們想將我怎樣？」

我想了一想，然後説：「你不是想要金球嗎？我可以送你去他們那裏。」

「什麼？」錢萬人聽了我的話，面色變得蒼白，害怕得臉上 **肌肉** 都扭曲了。

「不用怕，他們都很祥和，**不會殘暴虐待敵人**。」我説。

我知道錢萬人不是怕自己被虐待，我故意這麼説，是想令他更害怕。

他果然驚恐地 **求情** 説：「不！不要將我送到他們那裏！」

「為什麼？他們會款待你的。」我笑道。

「別裝模作樣了！他們待我愈 **好**，我死得愈 **快**！如今我是軍中的 **大紅人**，知道太多機密了，如果我落入敵軍手中，大將軍一定會想盡辦法派人來將我滅口！」

看到他如此緊張，表示我已經擊中他的要害了。

「放我走吧，我保證不會再來找你們的麻煩。」錢萬人着急起來。

「怎麼保證？」我質疑道，然後 **想了一想**，「除非……」

「除非什麼？快說！」

「你親筆寫一封 **信** ✉，收信人是我，在信中，你表示有很多重要情報，想賣給其他國家，託我替你搭關係。這封信寫好了，你就可以離去。」

「卑鄙！」錢萬人 **咬牙切齒**。

　　我冷笑一聲，「不抓住你的痛腳，我們無法安心放你走。以後你若是再來找我們麻煩，這封信就會公開。」

　　錢萬人的嘴角不斷抽搐着，過了五分鐘，終於咬牙道：「好，我**寫**。」

　　我準備好了紙與筆，俯下身，「卡」的一聲，將他右手的手銬打開來。

　　我以為只解開他的一隻手，他還有一隻被制，應該作不了惡。可是我太低估他了，當我靠近他，為他解開了右手的手銬後，他猛地抖起 **雙腿**，挾住了我的頭頸。

　　在那樣的情形下，我只來得及重重地送出一拳。

那一拳的力道着實不輕，打在錢萬人的肋骨上，但不足以挽救我的敗勢，錢萬人右手獲釋放後，猛地一揮，像是 **變魔術** 一樣，不知從身上哪裏變出了一柄小巧的手槍來，迅即用槍口壓住了我頸旁的大動脈！

第二十章

做一件好事

那一切全在 **電光石火** 之間發生，錢萬人一下子就扭轉了敗局，我反過來被他挾持住了。

白素驚呆住，錢萬人冷笑了一聲，「聽我的 **吩咐** 去做，先將我左手的手銬解開來！」

我勉力掙扎着説：「別聽他指使！」

錢萬人用力將槍口壓在我的頸上，作勢要開槍，**嚇** 得白素叫了起來：「衛，別再動了！」

我吸了一口氣，不敢再動，**眼巴巴**看着白素為他解開了左手的手銬。

這一來，我掙脫的希望更渺茫了。

錢萬人又吩咐白素：「我有八個 **手下** 在門外，你去帶他們進來。」

白素無可奈何，只能照辦，「好，我去，但你絕不可以 **傷害** 他！」

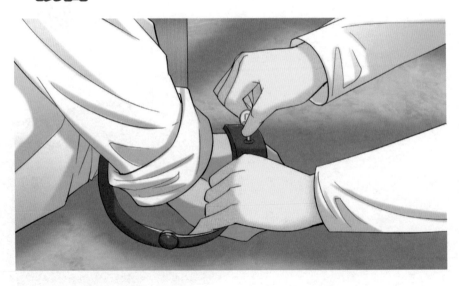

　　錢萬人獰笑着，「你**放心** ♥ 好了，我還有許多事情要問他呢！」

　　白素嘆了一口氣，轉身走了出去。錢萬人立即審問我：「那金球在什麼地方？」

　　「都説已經 **物歸原主**。」

　　「好，那麼你告訴我，他們的最高領袖躲在什麼地方？」

　　我笑了起來，「剛才我説送你去，你偏不肯，現在又想去了？」

　　「別耍嘴皮了！」他非常大力地將槍口壓在我的脖子上，「我給你 **一分鐘** 時間，説出他的地址，如果你不説，或者隨便説出一個假的，我馬上將你處決！」

　　我沒有回答，錢萬人冷冷地數着：「還剩四十五秒。」

　　我仍然不出聲，他又説：「還有三十秒！」

就在這時候，一陣凌亂的 **腳步聲**  傳了進來，顯然是有若干人走上了樓梯。

當錢萬人說「**只有十五秒**」的時候，白素剛好步入來，說：「他們來了。」

錢萬人大聲吩咐道：「進來兩個人！」

兩個人影應聲閃入，錢萬人繼續吩咐：「扭住他的手臂，槍要緊緊地抵住他的背脊，千萬要小心，將他押回去 **嚴刑逼供**！」

我的身子隨即被兩個人提了起來，錢萬人的手槍也離開了我的 **脖子**。

而就在那電光石火之間，一切又全變了。

白素飛快地掠了上來，一掌砍在錢萬人的手臂上，錢萬

人料不到白素忽然之間會發難，在毫無防備下，**手槍**

「啪」地一聲跌了下來。

在那一瞬間，我也感到莫名其妙，不明白何以白素夠

膽在 **敵眾我寡** 的情況下出手反擊，而錢萬人的那些

手下居然袖手旁觀？

緊接着，拉住我的兩個人也突然鬆開了手，兩人一同

向前撲去，抓住了錢萬人的雙臂。

由於剛才兩人進來時低着頭，無法看清容貌，如今我才看出，兩人其中的一個，竟然就是我的未來岳丈，我剛要 **開口**，錢萬人卻先我一步叫了出來：「白老大？」

白老大一直留在法國 **研究** 如何使新酒變陳，怎麼突然會在這裏出現？而他一到，事情當然立刻解決了。

這時白老大身上所穿的，是一套不太合身的西裝，我相信那一定是他在屋外，制服了錢萬人的 **同黨** 之後換上的，所以他低着頭進來書房時，能瞞過錢萬人。和白老大一起來的，是另一個精神奕奕的老年人，也穿着差不多的 **西裝**。

白素撲進了我的懷中，我緊摟着她。

這時錢萬人已頹然地倒在一張 **椅** 上，面如死灰，身子不由自主地發着抖。

白老大**目光炯炯**地望着他，「聽説你現在當了大官。」

錢萬人慘笑着，「如今落在你們手中，什麼都不用當了。」

我想了一想，插嘴道：「如果錢先生肯多為老百姓着想，那麼當官也可以是**老百姓的福氣**。」

錢萬人訝異地望着我，「你們肯放過我？」

白老大也向我投來疑問的眼光，我便解釋道：「剛才我正想讓**錢萬人先生**給我寫一封信……」

我將那個想法告訴白老大，徵詢他的意見，白老大聽了立刻哈哈大笑：「妙！妙！哈哈……」

我給錢萬人紙和筆，「寫不寫，你自己決定。」

錢萬人深吸一口氣，只好屈服，按着我的意思去寫。他一面寫，白老大一面補充説：「以後每隔半年，你便要

聽從我們的指示，**做一件好事**，否則我們就將你這封信公開。」

白素接着道：「到時你就變成了**叛徒**，一無所有之餘，還可能會丟掉性命！」

錢萬人已是砧板上的**肉**，不敢有任何異議，認真地把通敵信寫完，交給我。

　　白老大拍了一下他的肩頭，「你的幾個手下全在外面，你先想好一個英勇脫險的 **故事** ，才出去帶着他們走吧。」

　　錢萬人不發一言，悻悻然地離開了我的屋子。

　　這時我才真正地鬆了一口氣，「幸而你們及時趕到，要不然，真是 **不堪設想**。」

　　白素笑道：「我也是萬萬料不到的，一出門就看到爹，我幾乎以為自己在 **做夢** ！」

　　白老大解釋：「我是乘夜班飛機來的，想給你們一個 **意外驚喜** ，怎料來到門口，就見到那七八個鬼鬼祟祟的人，分明是要對你們不利。我兩將他們全部制服後，他們道出錢萬人在屋內，我們於是換上他們的裝束進來，而恰好又遇見我的 **女兒** 。」

　　「爹，你不是在研究使新酒快速變陳的辦法嗎？怎麼

突然回來，研究成功了？」白素問。

「成功了。」白老大説。

我很驚訝，「是什麼 *辦法*？」

白老大望了一眼他的朋友，笑道：「很簡單，就是 **快快樂樂** 過日子，使時間過得特別快，一轉眼就過了十年、二十年。」

我和白素都呆了一呆，然後大家都忍不住大笑起來。

一聽白老大這樣説，我們就知道，他研究 **失敗** 了，使新酒快速變得香醇的辦法，就只有老老實實地等待。

我笑了好半晌，「那麼，我們的 **婚禮**，該飲什麼酒呢？」

白老大説：「雖然沒有研究成功，不過我們卻在一個 **古堡** 裏，發現了一批陳酒，可能是世界上最陳的，所以你們的婚禮仍然有最好的酒。」

我和白素是在半年後結婚的，在這半年間，還發生了一件事，錢萬人所效力的那個國家，將要發射一枚極先進的 **火箭** 🚀 到太空去。

我一看到這則消息，立刻靈機一動，想到第一件要求錢萬人去做的好事，就是要他運用權力和關係，將上次 **爆炸** 現場裏所得的那塊金色石頭，用火箭送上太空。

同時，我答應過那位 **最高領袖**，要將研究金球的成果告訴他。我於是寫了一封信，託人交給他。我在信中詳述了那些外星人的事，並且請求最高領袖向那個金球傳達 **信息** 💬，告訴那些外星人，他們的星球將會隨那枚火箭升空。

最後火箭成功升空了，我們無法確定錢萬人有沒有按照我們的 **指示** 去辦，也不知道最高領袖是否相信外星人之說，對金球傳達了我所託的信息。

　　不過我和白素都覺得沒必要去查證了，我們所能做的，都已經**盡了力**去做。我們深信，那些外星人已經全體跟隨自己的星球回到太空去，過着適合他們的生活。

　　而我和白素結婚後，也開始過着新的生活。（完）

天外金球 下

作　　　者：衛斯理（倪匡）

文 字 整 理：耿啟文

繪　　　畫：鄺志德

助理出版經理：林沛暘

責 任 編 輯：梁韻廷

封面及美術設計：Karina Cheng

出　　　版：明窗出版社

發　　　行：明報出版社有限公司

　　　　　　香港柴灣嘉業街 18 號

　　　　　　明報工業中心 A 座 15 樓

電　　　話：2595 3215

傳　　　真：2898 2646

網　　　址：http://books.mingpao.com/

電 子 郵 箱：mpp@mingpao.com

版　　　次：二〇二三年一月初版

I S B N：978-988-8828-39-5

承　　　印：美雅印刷製本有限公司